AF249684

LES ROSIÈRES,

OPERA COMIQUE,

EN TROIS ACTES ET EN PROSE;

Par M. E. THÉAULON.

MUSIQUE DE M. HÉROLD.

Représenté pour la première fois, par MM. les Comédiens ordinaires du Roi, sur le Théâtre Royal de l'Opéra Comique, le 27 janvier 1817.

PRIX : 2 FRANCS.

A PARIS,

CHEZ VENTE, LIBRAIRE DES MENUS-PLAISIRS DU ROI,
ET DES SPECTACLES DE SA MAJESTÉ,
Boulevard des Italiens, N°. 7, près la rue Favart.

1817.

PERSONNAGES.	'ACTEURS.

LE COMTE.   M. HUET.

LE COMMANDEUR D'APREMONT,
ancien marin, son oncle.   M. CHENARD.

EUGÉNIE, jeune veuve.   Mlle REGNAULT.

LE SÉNÉCHAL DU FIEF.   M. LESAGE.

BASTIEN, jeune villageois.   M. MOREAU.

BRIGITTE, hôtesse de l'auberge du
grand Saint-Nicolas.   Mlle DESBROSSES.

FLORETTE, sa fille, Rosière.   Mme GAVAUDAN.

CATEAU, jeune Rosière.   Mme JOLI.

JUSTINE THIBAU. ⎫   ⎧ Mlle LECLER.
LILI MATHURIN. ⎬ Rosières. ⎨ Mlle PALAR.
PAULINE MARCEL. ⎭   ⎩ Mlle MÔRE.

L'OLIVE, valet du comte.   M. ALLER.

CINQ BAILLIS DU FIEF.⎫

VILLAGEOIS.

GARDES.

La Scène se passe dans un village du Bas-Languedoc.

Les Personnages sont en tête de chaque scène tels qu'ils doivent être au théâtre.

LES ROSIÈRES,

OPÉRA COMIQUE.

~~~~~~

ACTE PREMIER.

Le Théâtre représente une place de village couverte de marronniers. Dans le fond est l'entrée du château. A droite du spectateur, sur le devant, est une auberge à l'enseigne du grand Saint-Nicolas. Une treille est devant la porte.

SCENE PREMIÈRE.

LE SÉNÉCHAL, LE COMTE, LES VILLAGEOIS.

(Tout le Village accourt sur les pas du Comte, qui arrive.)

CHOEUR.

Livrons-nous à l'allégresse,
Et célébrons avec ivresse
Le retour de notre Seigneur.
Il vient faire notre bonheur,
Vive, vive notre Seigneur !
~~~~~~

LE COMTE.

Je suis flatté de vos hommages,
    O mes amis, qu'il m'est doux
De me retrouver près de vous!

LE SÉNÉCHAL.

Monseigneur, dans tous vos villages,
    Le jour de votre retour
    Est un beau jour.

LE COMTE.

Je te revois, terre chérie,
Témoin de mes premiers plaisirs :
Combien dans mon âme attendrie
Tu réveilles de souvenirs!
En me rappelant mon jeune âge,
Tu me retraces d'heureux jours.
Toit paternel, noble héritage,
Je te revois : c'est pour toujours.

CHOEUR.

Livrons-nous à l'allégresse, etc.

LE COMTE.

Sénéchal, que tout s'apprête
    Pour une brillante fête!
    Le plaisir et la gaîté
Marchent toujours à mon côté.

CHOEUR.

Livrons-nous à l'allégresse, etc.

(*Le Comte est reconduit jusqu'à la porte du château ;
    il salue tout le monde et entre avec l'Olive; les Villa-
    geois se dispersent. Le Sénéchal va sortir. Brigitte le
    tire par son manteau.*)

SCÈNE II.

LE SÉNÉCHAL, BRIGITTE.

BRIGITTE.

Monsieur le Sénéchal, monsieur le Sénéchal,
j'voudrions vous dire deux mots.

LE SÉNÉCHAL.

Je n'ai pas le temps, madame Brigitte, je n'ai
pas le temps.

BRIGITTE, *bas.*

C'est au sujet de l'argent que je devons vous
bailler.

LE SÉNÉCHAL.

Je suis à vous : seriez-vous enfin décidée, madame Brigitte?

BRIGITTE.

Dame, monsieur le Sénéchal, six cents livres
de rente, c'est ben cher !

LE SÉNÉCHAL.

Oui, mais devenir la belle-mère de monseigneur,
c'est bien beau !

BRIGITTE.

Il est vrai que ça me feroit honneur dans le
pays. Allons, voilà qui est dit : vous ferez épouser
ma fille Florette à M. le Comte, et j'vous assu-
rerons un revenu de six cents livres sur ma ferme,
ou sur cette auberge, comme vous voudrez.

LE SENECHAL.

Sur toutes les deux, ce sera plus sûr.

BRIGITTE.

Mais comment ferez-vous pour que monseigneur donne la préférence à Florette?

LE SENECHAL, *prenant une lettre.*

Cela ne souffrira aucune difficulté : écoutez ce qu'il m'écrivoit de Paris. (*Il lit.*) *Mon cher Sénéchal, je n'ai jamais fait que des folies. J'ai juré de n'en plus faire, et pour cela, je veux me marier.*

BRIGITTE.

Il a raison, il faut faire une fin; et, d'ailleurs, une femme, c'est si gentil !

LE SENECHAL, *lisant.*

Toutes les femmes m'ont trompé! (s'interrompant, à Brigitte.) C'est si gentil une femme! (*Lisant.*) *Aussi, pour me venger de toutes les grandes dames que j'ai aimées jusqu'à ce jour, j'ai formé le projet d'épouser une jeune paysanne de mon fief, afin de la rendre fidèle, au moins par reconnoissance. En conséquence, vous rassemblerez les Rosières qui ont été couronnées cette année dans les villages et hameaux de ma seigneurie, et vous les réunirez à la résidence. C'est parmi ces jeunes filles que je* choisirai ma compagne, espérant, par ce moyen, éviter un malheur.....

BRIGITTE, *l'interrompant.*

Oh ! pour ce qui est de ça, il tombera bien avec Florette; c'est ma fille, c'est tout dire.

LE SENECHAL.

Post-scriptum. Ecoutez ceci, madame Brigitte. (*Il lit.*) *Comme je ne connois ni le pays ni ses habitans, je vous charge, mon cher Sénéchal, de prendre les renseignemens les plus exacts sur les Rosières, afin que vous puissiez m'éclairer!...... sur le choix important que je vais faire.* Vous voyez, madame Brigitte, que le cœur de monseigneur est, pour ainsi dire, à ma disposition.

BRIGITTE.

J'entendons; vous lui direz que Florette est la plus sage, et comme elle est la plus gentille......

LE SENECHAL.

Vous me répondez de sa sagesse ? C'est que si je le trompois sur un pareil chapitre, et qu'il vint à s'en apercevoir, il seroit homme à me faire pendre! Ainsi, vous êtes bien sûre qu'elle n'a pas d'amoureux?

BRIGITTE.

Pas plus que moi.

LE SÉNÉCHAL.

Je suis tranquille. Les ordres de Monseigneur ont été ponctuellement exécutés. Le voilà dans le château de ses pères ; dès que les Rosières seront réunies, je ferai connoître solennellement à tout le village, qui le sait déjà, les intentions de Monseigneur, et j'indiquerai l'heure de la cérémonie. Sans adieu, madame Brigitte ; je compte aussi sur votre discrétion.

BRIGITTE.

Vous pouvez y compter ; mais j'avons peut-être eu tort de causer ainsi tous les deux sur la place ; ils vont dire qu'il y a quelque manigance entre nous.

LE SÉNÉCHAL.

Ils sont assez méchans pour cela. Au revoir, madame Brigitte, au revoir.

BRIGITTE.

Votre servante, monsieur le Sénéchal. (*Le Sénéchal sort.*)

SCÈNE III.

BRIGITTE, *seule.*

Ma fille, comtesse ! Monseigneur, mon gendre ! et tout ça pour six cents livres ! J'venons d'faire là un marché d'or ! J'n'avons qu'une peur : c'est d'mourir de plaisir avant ce mariage !

SCÈNE IV.

BASTIEN, *un bâton à la main, comme un homme qui vient de faire une assez longue route. Il est très-gai. Il arrive par la droite.* BRIGITTE.

BASTIEN.
(*Pendant qu'il chante Brigitte l'examine.*)
RONDEAU.

Les fillettes de ce village
Ont toutes un joli minois;
Mais la plus belle, la plus sage,
Est cell' qui me tient sous ses lois.

Quelle est avenante et jolie,
Et que sa voix a de douceur!
J'sens que je l'aime à la folie
Et que je ferai son bonheur.
Quand ell'sera ma ménagère
Je n'connoîtrai plus le chagrin:
Toujours elle me sera chère;
Toujours j'aurai l'mème refrain:
Les fillettes de ce village, etc.

L'autr' jour à son gentil corset
Elle portoit joli bouquet;
    Et d'une rose,
    A peine éclose,
Ell' fit le gag' de son amour:
Aujourd'hui c'est à mon tour;
    De cette fleur nouvelle,
    Moins fraiche qu'elle,
Je viens pour parer son corset;
Et puis pour une autre projet.
Les fillettes de ce village, etc.

BRIGITTE, *à part.*

Ce garçon n'est pas de ce village.

BASTIEN, *regardant l'enseigne de l'auberge.*

Au grand Saint-Nicolas : l'protecteur des demoiselles ! C'est ici que demeure ma Rosière ; si je pouvions l'apercevoir. (*Il s'approche de la porte.*)

BRIGITTE.

Que voulez-vous ?

BASTIEN.

Excusez, madame, c'nest pas vous que je cherchons. (*Il regarde encore.*) C'est une Rosière !

BRIGITTE.

Ma fille !

BASTIEN, *ôtant son chapeau.* (*A part.*)

Sa fille !..... Apparemment que c'est la mère ! faut être poli.

BRIGITTE.

Qu'avez-vous à dire à ma fille, s'il vous plaît ?

BASTIEN, *à part.*

Elle a l'air d'une bonne femme, on peut lui parler.

BRIGITTE.

Est-ce que vous seriez amoureux de Florette, par hasard ?

BASTIEN.

Depuis la fête de Marcilli ; et, en brave garçon, j'venons, sans cérémonie, vous la demander en mariage.

BRIGITTE.

En mariage ! en mariage ! (*à part.*) Il prend

ben son temps, ma foi ! En verité ces paysans ne
doutent de rien.

BASTIEN.

C'n'est pas pour m'vanter ; mais je n'sommes pas
un mauvais parti pour mamselle Florette. Je ne
dépendons de personne ; j'ons de la gaité, de la
probité, du courage, d'la santé, morgué ! vous
n'avez qu'à dire, et tout cela est au service de
mamselle Florette.

BRIGITTE.

Ce sera bentôt dit ; ma fille n'est pas pour
vous.

BASTIEN.

Oh ! ce n'est pas votre dernier mot; vous
n'voudriez pas faire l'malheur de mamselle Florette.

BRIGITTE.

Comment, son malheur ! est-ce quelle vous
aimeroit ?

BASTIEN.

Dame ! elle me l'a dit, du moins !

BRIGITTE.

Elle te l'a dit! elle te l'a dit ! et vous ne
vous êtes vus qu'à la fête de Marcilli ?

BASTIEN.

Oh ! je nous étions rencontrés, par hasard,
une ou deux fois dans le bois.

BRIGITTE.

Dans le bois ! (*A part.*) Faites donc des Rosières, faites donc des Rosières ! Allons vite interroger Florette là-dessus. Elle m'a promis en-

core ce matin, d'épouser Monseigneur avec plaisir, et devenir la belle-mère de monsieur le Comte, seroit le plus beau jour de ma vie ; mais j'ons de la conscience, oui da ! et je ne voudrions pas, pour un empire, exposer M. le Sénéchal à être pendu.

BASTIEN.

Eh bien ! serai-je le mari de Florette ?

BRIGITTE.

Retire-toi, retire-toi. (*Elle sort précipitamment, en disant :*) Florette ne sera jamais ta femme !

SCÈNE V.

BASTIEN, *seul.*

Diantre ! Elle me paroît un peu revêche, l'hôtesse du grand Saint-Nicolas. Heureusement l'accueil que j'allons recevoir de la fille, me consolera de celui que m'a fait la mère. Voici mamselle Florette. (*Il reste un peu à l'écart.*)

SCÈNE VI.

BASTIEN, FLORETTE, CATEAU *en costume de Rosières, accourant en se donnant la main.*

CATEAU.

Dépêchez-vous bien vite de parler à votre mère, mamselle Florette ; les Baillis se fâcheroient si je n'étions pas bientôt d'retour au bailliage.

ROSETTE.

Vous avez raison, mamselle Cateau; il ne faut
pas fâcher les Baillis aujourd'hui. (*A part.*) Et
surtout M. le Sénéchal.

CATEAU.

Est-ce que vous sauriez au juste, mamselle Florette, pourquoi les Rosières de tous les villages
de Monseigneur, sont rassemblées ici?

FLORETTE, *apres avoir réfléchi.*

Oui, je le savons, mamselle Cateau; mais je ne
vous le dirons point, parce que c'est un secret
que M. le Sénéchal n'doit apprendre à tout le
monde, que quand toutes les Rosières seront arri-
vées. Attendez-moi, je vais parler à ma mère. (*En
se retournant elle aperçoit Bastien.* *) Ah! mon
Dieu!

CATEAU.

Un garçon! (*Elle veut s'enfuir.*)

FLORETTE *l'arrêtant.*

Eh bien, oui, c'est un garçon! Est-ce que ça
vous fait peur, un garçon, mamselle Cateau?

CATEAU *timidement.*

Oui, mamselle.

FLORETTE.

Faut avoir plus d'courage que ça. (*A part.*)
C'est Bastien, il pourroit me faire du tort devant
mademoiselle Cateau; faisons semblant de
n'pas l'connoître.

---

* Il se trouve alors du côté de la *maison et sous la treille.*

BASTIEN *à Florette.*

Bon jour, mamselle Florette; j'venons exprès de Marcilli pour vous rendre la politesse du bouquet que vous m'avez donné l'autre jour.

FLORETTE.

Moi! Un bouquet! (*timidement.*) Je ne vous connoissons point.

BASTIEN.

Comment, mamselle, vous n'me connoissez point? j'suis Bastien, ce jeune homme qui a tant dansé avec vous à la dernière fête de Marcilli.

FLORETTE.

Moi! Vous vous trompez, monsieur Bastien, je n'avons pas dansé du tout à cette fête.

BASTIEN.

Celui-là est un peu fort, par exemple! Quoi, mamselle, vous n'm'avez pas dit que vous m'aimiez?

FLORETTE.

Moi!

BASTIEN.

Vous n'm'avez pas juré d'n'aimer que moi et toujours.

FLORETTE.

Moi! (*A part.*) Il faut faire semblant de pleurer, ou tout est perdu. (*Haut.*) Fi! monsieur, c'est affreux d'venir ainsi chercher à faire tort à une pauvre fille pour lui faire manquer son mariage.

BASTIEN.

Au contraire, mamselle, puisque j'venons pour vous épouser.

FLORETTE.

Eh bien, monsieur Bastien, gardez-moi votre bonne volonté; si Monseigneur ne m'épouse pas, j'vous donnerons la préférence.

BASTIEN.

Comment, Monseigneur!

CATEAU.

Y pensez-vous, mamselle Florette, Monseigneur, vous épouser!

FLORETTE.

(*Troublée.*) Moi! Vous! Une autre! Eh bien; ça peut se voir, mamselle Cateau, ça se verra, et tenez, comme on dit, la sagesse.... la vertu qui est un trésor.... le village.... (*A part.*) Ah! mon Dieu! mon Dieu! J'suis toute partroublée, je n'savons plus ce que je dis. (*Haut.*) Attendez-moi, j'vas parler à ma mère.

BASTIEN.

Mais, mamselle Florette....

FLORETTE.

Laissez-moi, monsieur, je ne vous connoissons pas. (*Elle entre dans la maison.*)

BASTIEN.

L'ingrate! la perfide! (*Allant vers Cateau.*)

Ah! mamselle, vous qui m'paroissez si bonne, si prévenante!

CATEAU, *se sauvant.*

Laissez-moi; je ne vous ons jamais vu. (*Elle sort.*)

BASTIEN.

Il faut que le diable ait ensorcelé toutes nos jeunes filles! Ah! v'là Monseigneur!

SCÈNE VII.

LE COMTE, L'OLIVE, BASTIEN.

LE COMTE.

L'Olive, vous êtes de ce pays, je crois?

L'OLIVE.

Oui, Monseigneur; il y a deux ans que j'en étois sorti.

LE COMTE.

Vous devez en connoître les habitans. Je vous charge de monter ma maison. Je tiens à ce que tous mes gens soient pris parmi mes vassaux.

L'OLIVE.

Monseigneur sera satisfait. (*L'Olive sort.*)

BASTIEN, *à part.*

Morgué! Vl'à une ben bonne occasion de voir tout ce qui se passera dans le château. (*Il suit l'Olive.*)

SCÈNE VIII.

LE COMTE, *seul.*

RÉCITATIF.

Adieu, coquettes de la ville,
Adieu, je vous fuis pour toujours;
Je viens dans ce modeste asile
Chercher de plus simples amours.

RONDEAU.

Gentille Rosière,
Toi seule me plais,
Quitte ta chaumière,
Viens dans mon palais.
Viens vite, mon ange,
Faisons un échange
De ma grandeur
Contre ton cœur.

A la cour, ainsi qu'à la ville,
Vingt beautés trompèrent mon cœur,
J'étois jeune, j'étois facile;
Mais l'âge a détruit mon erreur.
Ah! bien mieux que dans nos villages,
Mesdames, vous savez charmer;
Mais c'est pour mieux tromper, volages;
Plaisez moins, et sachez aimer.

Gentille Rosière,
Toi seule me plais, etc.

SCÈNE IX.

LE COMTE, LE SENECHAL.

LE COMTE.

Eh bien ! mon cher Sénéchal, toutes mes Rosières sont-elles réunies ?

LE SENECHAL.

A l'exception d'une seule, monseigneur ; et
son retard a lieu de me surprendre.

LE COMTE, *riant.*

Il lui sera peut-être arrivé quelque malheur,

LE SENECHAL.

Je parierois que c'est la faute de son Bailli ;
c'est un homme bizarre, entêté, incapable. Croi-
riez-vous, monseigneur, que lorsque votre illustre père m'appela dans son domaine et m'y
donna l'honorable charge de Sénéchal, lui seul
de tous les Baillis ne vint point me féliciter !

LE COMTE.

C'est un homme qui ne sait pas vivre !

LE SENECHAL.

Il m'écrivit qu'un accès de goutte l'empêchoit
de se mettre en chemin. Il paroît que cet accès
le prend souvent, car depuis six mois que je
suis Sénéchal du fief, je ne l'ai pas encore vu.

LE COMTE, *avec humeur.*

Ce retard me contrarie.

LE SENECHAL.

Un jour de plus, monseigneur!

LE COMTE.

Un jour de plus, Sénéchal, peut me mettre dans le plus grand embarras, ou déranger un plan qu'on peut traiter de folie, mais dans lequel j'ai placé mon bonheur. Je l'ai cherché, ce bonheur, dans les plaisirs bruyans des villes, dans l'éclat et le faste des cours; je ne l'ai trouvé nulle part. En butte à la médisance, à l'envie, à la persécution, j'ai passé dix années de ma vie dans l'agitation la plus cruelle. Aujourd'hui, sage par expérience, et philosophe par repentir, je viens m'ensevelir dans cette retraite pour le reste de mes jours.

LE SENECHAL.

Et monseigneur, pour l'embellir, veut avoir auprès de lui une femme vertueuse, aimable. (*A part.*) Voici le moment de lui parler pour Florette.

LE COMTE.

De toutes mes foiblesses je n'en ai conservé qu'une seule; c'est de croire une femme nécessaire au bonheur de la vie.

LE SENECHAL.

Monseigneur, quoique garçon, j'ai toujours pensé comme vous. Tout dépend du choix que l'on sait faire. Or, monseigneur ne peut se tromper en choisissant la plus sage des plus sages.

LE COMTE.

Un autre motif, d'ailleurs, me porte à ce projet. Mon père, vous le savez, pour terminer les différens qui divisoient sa famille, a voulu, pendant mon absence, m'unir à ma cousine, la veuve du vieux comte de Monlor.

LE SENECHAL.

Il y a même, dit-on, monseigneur, un acte qui est entre les mains des parens de la jeune comtesse, et qui doit vous être incessamment notifié.

LE COMTE.

Je le sais, et c'est pour ce motif que je veux me marier avant qu'elle soit instruite de mon retour. Et ce Bailli qui n'arrive pas !

LE SENECHAL, d'un ton patelin.

Est-il bien nécessaire, monseigneur, d'attendre son arrivée pour vous décider ? Nous avons déjà cinq Rosières très-jolies, et sur lesquelles il n'y a pas le plus petit mot à dire.

LE COMTE.

Vous avez pris des informations très-scrupuleuses ?

LE SENECHAL.

Monseigneur lira lui-même les notes de leurs Baillifs respectifs. Mais il en est une surtout !... celle de ce village, la jeune Florette........, élevée aux

portes du château et presque sous mes yeux,
je l'observe depuis long-temps ; elle est douce, aimable, naïve.....

LE COMTE.

Est-elle jolie ?

FLORETTE *chante dans la maison.*

LE SENECHAL.

Monseigneur, vous allez en juger vous-même ;
la voici.

LE COMTE.

Observons-la, sans être vus. (*Ils se mettent sous
la treille.*)

SCENE X.

FLORETTE, *sortant de la maison en chantant,*
LE COMTE, LE SENECHAL, *cachés.*

FLORETTE.

RONDE.

1er. COUPLET.

De ce village.
Tous les garçons
M'offr'nt leur hommage ;
Mais j'leur réponds :
Sans être fière,
J'fuis les amours.
Je suis Rosière,
C'est pour toujours.

LE SENECHAL, *bas au Comte.*

Vous l'entendez, monseigneur.

FLORETTE.

2ᵉ. COUPLET.

Un jour seulette
Au bois j'allois.
Lubin, qui m'guette,
M'y suit de près.
Sans être fière,
J'fuis les amours.
Je suis Rosière,
C'est pour toujours.

LE COMTE.

Sa gaîté m'enchante.

FLORETTE.

3ᵉ. COUPLET.

V'là que j'méchappe
Dans les taillis,
Lubin m'rattrape ;
Mais je lui dis :
Sans être fière,
J'fuis les amours.
Je suis Rosière,
C'est pour toujours.

LE COMTE, *riant.*

Sénéchal, elle est charmante.

LE SENECHAL.

N'est-ce pas, monseigneur ?

SCENE XI.

BRIGITTE, LES MÊMES.

BRIGITTE, *accourant vers sa fille.*

Ah! je vous trouvons enfin, mamselle; je venons,
d'en apprendre de belles sur vot' compte.

LE COMTE.

C'est la mère, sans doute; qu'a-t-elle donc
appris?

LE SENECHAL, *inquiet.*

Si monseigneur vouloit rentrer.

LE COMTE.

Restez; je veux tout entendre.

LE SENECHAL, *à part.*

Je tremble.

BRIGITTE, *apercevant du coin de l'œil le Comte
et le Sénéchal.*

(*A part.*) Ah! mon Dieu! Monseigneur et
M. le Sénéchal qui m'écoutent! faisons semblant
de ne pas les voir, et raccommodons, s'il se peut,
ce que j'venons de dire.

FLORETTE.

Mais, ma mère, je vous promettons que je ne
connoissons point....

BRIGITTE, *prenant un ton de dignité.*

Taisez-vous, mamselle, taisez-vous; j'vous

défendons de parler. (*A part.*) Il n'y a que ce moyen pour l'empêcher de dire quelque sottise.

FLORETTE.

Mais, ma mère.....

BRIGITTE.

Encore ! (*cherchant.*) Tenez, mamselle, ce que j'venons d'apprendre est affreux ! on dit.... on dit....

FLORETTE.

Ma mère, on vous aura trompée.

BRIGITTE.

Non, mamselle, on ne m'a pas trompée ; on prétend que vous avez dit que vous épouseriez Monseigneur.

LE COMTE.

Ah ! ah !

LE SÉNÉCHAL, *à part.*

Quelle indiscrétion !

BRIGITTE.

Est-ce vrai ?

FLORETTE.

Oui, ma mère.

LE COMTE, *au Sénéchal.*

Elle est sincère.

BRIGITTE.

Vous avez dit cela, mamselle, vous l'avez dit ? Ah ! Florette, Florette ! vous qui êtes (*appuyant.*) la modestie même.... je ne vous reconnoissons pas là.

FLORETTE.

Dam'! ma mère, j'l'ons dit sans y songer.

BRIGITTE.

Vous avez eu tort, mamselle. Je sais ben que vous êtes la plus gentille, la plus aimable et la plus vertueuse de toutes les Rosières, et que, grâce aux excellens principes que je vous ons donnés, vous seule pouvez faire le bonheur de Monseigneur; mais il ne vous a pas encore choisie.

LE COMTE.

La digne femme!

LE SENECHAL, *à part.*

Je respire!

FLORETTE.

Mais, ma mère, je croyois que M. le Sénéchal...

BRIGITTE, *l'interrompant vivement.*

Ne me parlez pas de monsieur le Sénéchal, mamselle, je le soupçonnons de vouloir vous nuire dans l'esprit de Monseigneur.

LE SENECHAL.

(*Au comte.*) Eh bien! monseigneur, voilà comme on nous juge.

BRIGITTE.

Allez, mamselle, allez rejoindre les aytres Rosières, et ne soyez pas fière de tous les avantages que vous avez sur elles.

FLORETTE.

Mais, ma mère, je ne vous ons jamais vue......

BRIGITTE, *l'interrompant vivement.*

Allez et souvenez-vous que si Monseigneur vous fait l'honneur de vous élever jusqu'à lui, c'est moins à votre beauté qu'à votre excessive sagesse que vous le devrez.

LE COMTE, *au Sénéchal.*

Sénéchal, je veux leur parler; mais qu'elles ignorent que j'ai entendu leur conversation. (*Ils remontent la scène.*)

BRIGITTE, *l'embrassant.*

Adieu, ma fille.

FLORETTE.

Adieu, ma mère. (*Elle va pour sortir.*)

QUATUOR.

LE COMTE, *avançant* *.

Demeurez, aimable Florette.

BRIGITTE.

Que vois-je, Monseigneur!

FLORETTE.

Monseigneur!

LE SÉNÉCHAL.

Le respect la rend muette.

LE COMTE, *à Florette.*

Approchez, n'ayez pas peur.

---

* Le Sénéchal, Brigitte, Florette, le Comte.

LE COMTE.

Maintien décent, gentil corsage,
Œil enchanteur, joli minois.
Cœur excellent, et la plus sage!
Florette doit fixer mon choix.

LE SENECHAL.

Maintien décent, gentil corsage,
Œil enchanteur, joli minois.
C'est Florette, je gage,
Qui va fixer son choix.

FLORETTE.

Il seroit vraiment bien dommage
Qu'une autre l'rangeât sous ses lois,
D'tout's les Rosières, je gage,
C'est moi qui vais fixer son choix.

BRIGITTE.

Maintien décent, gentil corsage,
Œil enchanteur, joli minois,
D'tout's les Rosières, je gage,
Florette va fixer son choix.

LE COMTE *à Florette.*

N'avez-vous pas dans ce village
Déjà donné votre cœur?

LE SENECHAL, *bas à Brigitte.*
Non, Monseigneur.

BRIGITTE, *bas à Florette.*
Non, Monseigneur.

FLORETTE.
Non, Monseigneur.

LE COMTE.
Le nœud sacré du mariage
Peut-être ici vous fait-il peur?

LE SENECHAL, *bas à Brigitte.*

Non, Monseigneur.

BRIGITTE, *bas.*

Non, Monseigneur.

FLORETTE.

Non, Monseigneur.

LE COMTE.

Vous sentirez-vous le courage
De faire à jamais mon bonheur.

LE SENECHAL, *bas à Brigitte.*

Oui, Monseigneur.

BRIGITTE, *bas à Florette.*

Oui, Monseigneur.

FLORETTE.

Oui, Monseigneur.

LE COMTE.

Elle est charmante,
Elle m'enchante.

LE COMTE.

Cœur excellent, et la plus sage,
Florette va fixer mon choix.

LE SENECHAL!

Il seroit vraiment bien dommage
Qu'une autre l'rangeât sous ses loix,
Cœur excellent, et la plus sage,
Florette va fixer son choix.

FLORETTE.

Il seroit vraiment bien dommage
Qu'une autre l'rangeât sous ses lbis;
D'tout's les Rosières, je gage,
C'est moi qui vais fixer son choix.

BRIGITTE.

Maintien décent, gentil corsage,
Florette va fixer son choix.

FLORETTE, *à sa mère.*
Puis-je parler maintenant?
BRIGITTE.
Oui, mais parlez modestement.

FLORETTE, *au Comte.*
D'un' simple fille de village
Monseigneur veut être l'époux;
Et je sens qu'il me seroit doux
De fixer son hommage.
LE COMTE.
Et moi, je sens qu'au village
Le bonheur m'attend près de vous.

LE SENECHAL, *à Brigitte.*
Vous l'entendez.
BRIGITTE.
Moment prospère !
FLORETTE, *à part.*
Monseigneur veut une Rosière;
J'l'épouserai; mais je sens bien
Que j'aimerai toujours Bastien.
LE COMTE.
Sénéchal, que tout s'apprête
Pour assurer mon bonheur.
Adieu, charmante Florette.

FLORETTE.
Adieu, Monseigneur.
BRIGITTE, *bas au Sénéchal.*
Tout va ben.
LE SENECHAL.
Oui, tout va bien,
Ne craignez rien.
LE COMTE.
Maintien décent, etc.

(Le Comte rentre dans le château, Brigitte lui fait mille révérences avec une dignité plaisante. Le Sénéchal emmène Florette.)

SCÈNE XII.

LE COMMANDEUR, EUGÉNIE, BRIGITTE.

BRIGITTE.

Monseigneur est un homme charmant.

LE COMMANDEUR, *sous le costume et la perruque d'un bailli.*

Enfin, ma chère Eugénie, nous voilà arrivés.

EUGENIE, *bas, lui montrant Brigitte.*

On nous écoute.

BRIGITTE, *à part.*

C'est sûrement la Rosière qu'on attend ! elle auroit aussi ben fait de n'pas s'déranger : comme c'est gauche, comme c'est peu avenant!

LE COMMANDEUR.

Ma bonne, M. le Comte est-il au château?

BRIGITTE, *sèchement.*

Oui, monsieur.

LE COMMANDEUR.

Indiquez-nous, je vous prie, où se réunissent les Rosières.

BRIGITTE, *froidement.*

Là-bas, là-bas !

LE COMMANDEUR.

Pourriez-vous nous y conduire?

BRIGITTE.

J'ons ben autre chose à faire, vraiment! (*A part.*) Les conduire! la belle-mère de monseigneur! ah! ben oui. (*Elle rentre chez elle.*)

SCÈNE XIII.

LE COMMANDEUR, EUGENIE.

LE COMMANDEUR, *riant.*

Il me paroît que les Baillis ne jouissent pas d'une grande considération dans ce village.

EUGENIE, *gaîment.*

Ni les Rosières non plus.

LE COMMANDEUR.

C'est que tout le monde n'a pas l'extravagante manie de mon neveu. Corbleu! depuis quarante-sept ans que je cours le monde, j'ai rencontré des fous de toutes les espèces; mais je n'en ai jamais vu d'aussi bien conditionné.

EUGENIE.

Et vous croyez, mon cher Commandeur, que nous parviendrons à le rendre sage?

LE COMMANDEUR.

Je n'ose l'espérer, car c'est un entêté; et, par malheur, la mort de son père le rend entièrement indépendant; mais, en ma qualité d'oncle, il est de mon devoir de mettre tout en usage pour l'empêcher de compromettre le nom, la dignité de sa famille; et, comme marin, je dois lui dire la vérité.

EUGENIE.

N'oubliez pas, mon cher Commandeur, que vous m'avez promis de n'employer ce moyen qu'à la dernière extrémité. Le Comte me dédaigne pour une simple fille de village, et j'ai une vengeance éclatante à tirer de cette injure. Il faut donc vous condamner à jouer patiemment votre rôle de Bailli jusqu'au bout, ou je renonce à celui de Rosière. Vous devez concevoir combien ce rôle deviendroit pénible pour moi, si notre stratagème étoit découvert avant que nos efforts eussent été couronnés de quelque succès.

LE COMMANDEUR.

Le Commandeur d'Apremont forcé de se taire et se cachant sous la perruque d'un Bailli, pour faire la guerre à son neveu ! Tête-bleue ! Mais, je vous l'ai promis, je me tairai, jusqu'au moment où nous serons forcés de virer de bord; je parlerai alors, et, par Jérusalem !

EUGENIE, *riant.*

Il faudra aussi, mon cher Commandeur, vous défaire de quelques expressions qui décèlent votre ancienne profession de marin, et qui contrastent un peu trop fortement avec votre nouvel habit.

LE COMMANDEUR.

C'est facile, c'est facile ! D'ailleurs, pour

un vieux marin, je ne jure pas trop; mais il faut convenir que nous avons appris à temps les beaux projets du Comte : un jour plus tard, pasambleu ! et j'arrivois ici, en ma qualité de plus proche parent, tout exprès pour conduire à l'autel, mademoiselle Isabeau ou mademoiselle Javotte. Vous étiez heureusement dans vos terres de Provence ; et l'empressement avec lequel vous avez adopté mon projet, m'est un sûr garant du bonheur qui attend mon neveu, si nous réussissons dans notre entreprise.

EUGÉNIE.

Et cependant, mon cher Commandeur, votre plan n'est pas des plus raisonnables.

LE COMMANDEUR.

Je le sais, je le sais ; mais j'ai un principe, moi! Avec les fous, il faut faire des folies. Nous avons été bienheureux de trouver dans ce vieux Bailli qui m'a cédé sa place, un brave homme que j'ai autrefois obligé. Il n'est pas connu du Sénéchal, et c'est l'essentiel. Son village est très-éloigné, sa Rosière est richement dotée : nous voilà tranquilles sur ce point; quant à vous, mon aimable Eugénie, foi de marin, je n'aurois jamais cru qu'une veuve pût si bien ressembler à une Rosière.

EUGÉNIE, *riant.*

Comment donc ! mais voilà, pour un marin, un compliment

LE COMMANDEUR.

Corbleu plus je vous regarde et moins je conçois que le Comte ne se soit pas empressé de remplir les engagemens sacrés de son père.

EUGENIE.

Il ne m'a jamais vue.

LE COMMANDEUR.

Il devoit chercher à vous voir, palsembleu ! Il n'ignore pas que votre rang vous donne le droit de prétendre aux plus nobles alliances, et que la fortune que vous a laissée le vieux comte de Monlor, est au moins égale à la sienne.

EUGENIE.

Je vous avoue que je suis impatiente de m'assurer par moi-même si le Comte mérite tout le bien et tout le mal que la renommée en a publié ; mais, mon cher Commandeur, ne craignez-vous pas d'en être reconnu ?

LE COMMANDEUR.

Je me flatte, morbleu ! que ce costume grotesque me déguise assez ; d'ailleurs, je ne l'ai pas vu depuis son enfance. Dans le dernier voyage que je fis ici pour embrasser ma sœur, qui étoit sa mère, il étoit allé parcourir l'Europe. Il y a dix ans qu'il étoit absent : il rentre aujourd'hui dans l'héritage de ses pères pour mettre le comble à ses extravagances ; et je le souffrirois ! mille galères.....

EUGENIE, *riant.*

Mon cher Bailli, vous vous oubliez.

LE COMMANDEUR.

C'est vrai, j'ai tort, morbleu! j'ai tort; un Bailli
ne doit pas savoir ce que c'est que les galères.

(*On entend une musique champêtre.*)

EUGENIE.

Les habitans du village s'avancent en foule vers
ces lieux.

LE COMMANDEUR.

C'est le cortége; demeurons.

SCÈNE XIV.

**LES MÊMES, LE SÉNÉCHAL, LES BAILLIS,
FLORETTE , CATEAU , LES ROSIÈRES,
BRIGITTE, LES VILLAGEOIS, GARDES.**

FINALE.

CHŒUR GÉNÉRAL.

Quel beau jour, quel bonheur!
Quel honneur pour ce village!
Monseigneur épous'la plus sage:
Vive, Monseigneur!

LE SÉNÉCHAL.

Oui, mes amis, à la Rosière
Qui, dans ce jour, saura lui plaire,
Monseigneur va donner sa foi.

LES ROSIERES , *à part.*

Ce sera moi, ce sera moi.

LE COMMANDEUR.

Monsieur le Sénéchal, j'arrive à l'instant même.

LE SÉNÉCHAL.

Quelle diligence extrême!
Allons, allons, Monseigneur nous attend.
Formons le cortége à l'instant!

EUGÉNIE, *à part.*

Ces jeunes filles
Sont gentilles.

LES ROSIÈRES, *à part.*

Elle n'est pas si bien que nous.

LE SÉNÉCHAL.

Allons, allons, rangez-vous.

LES BAILLIS, *bas aux Rosières.*

Plus de crainte, de tristesse,
On sera de mon avis:
C'est vous qui serez comtesse,
Ne vous l'ai-je pas promis?

LE SÉNÉCHAL.

Allons un peu de diligence,
Monseigneur vous attend avec impatience.

(*Chaque Bailli donne la main droite à sa Rosière. Le cortége se
forme à gauche du spectateur et défile devant le public pendant
le chœur suivant :*)

CHŒUR ET MARCHE.

Célébrons ce beau jour à jamais;
A Monseigneur tâchons de plaire.
Heureuse la Rosière
Qui va mériter ses bienfaits !

FIN DU PREMIER ACTE.

ACTE II.

(Le Théâtre représente un riche salon du château. A droite du spectateur six tabourets sont préparés pour recevoir les Rosières. A gauche un fauteuil et une table sur laquelle est un vase de fleurs.

SCÈNE I.

LE COMMANDEUR, LES BAILLIS, LE SÉNÉCHAL, L'OLIVE.

LE SENECHAL, *à l'Olive.*

Annoncez-nous à M. le Comte.

L'OLIVE.

Oui, monsieur le Sénéchal. (*Il sort.*)

LE SENECHAL, *au Commandeur.*

Bailli, je vous le répète, j'ai tout lieu d'être étonné du retard que vous avez mis à amener votre Rosière. Mes ordres étoient précis.

LE COMMANDEUR.

Je vous ai dit, monsieur le Sénéchal....

LE SENECHAL.

Paix ! Ces Messieurs s'y sont conformés, et il me semble.....

LE COMMANDEUR, *commençant à s'impatienter.*

Mais veuillez observer......

LE SENECHAL

Silence! Comme je représente Monseigneur quand il est absent....

LE COMMANDEUR.

Mais quand on vous dit, corbleu!

LE SENECHAL.

Silence! vous dit-on! Les raisons que vous me
donnez là n'ont pas le sens commun.

LE COMMANDEUR, *hors de lui.*

Mais, double galère!....

LE SENECHAL, *surpris.*

Est-ce que vous auriez servi sur mer, Bailli?

LE COMMANDEUR.

Oui, ventrebleu! et que n'y suis-je encore!

LE SENECHAL, *avec importance.*

On peut vous y renvoyer.

LE COMMANDEUR, *à part.*

Je mourrai d'une colère rentrée, c'est sûr.

L'OLIVE, *annonçant.*

Monseigneur!

                (*Tout le monde se range.*)

SCÈNE II.

LES MÊMES, LE COMTE, *richement vêtu.*

LE COMTE.

Je suis ravi de vous voir, Messieurs.(*Courbettes
des Baillis, le Commandeur ne bouge pas.*)
Je sais que mes vassaux n'ont qu'à se louer de

votre justice et de votre aménité. (*Courbettes
des Baillis, le Commandeur ne bouge pas.*)

LE SENECHAL, *bas au Commandeur.*

Inclinez-vous donc, Bailli, inclinez-vous donc ;
vous ne savez pas votre état.

LE COMMANDEUR *s'incline et dit à part :*
J'enrage !

LE COMTE.

M'avez-vous apporté les notes que je vous ai
demandées sur les Rosières ? (*Les Baillis les
présentent ; il les prend et les garde à la main.*)
Fort bien : je suis sûr que vous les avez rédigées
avec toute l'intégrité que je vous connois. (*Courbettes des Baillis, le Commandeur fait comme
eux.*) Dans le choix que je vais faire, c'est la
sagesse que je cherche et non pas la beauté.

LE COMMANDEUR.

Mais quand l'une et l'autre peuvent se trouver
réunies, et que.....

LE SENECHAL.

Taisez-vous, Bailli !

LE COMMANDEUR, *à part.*

Damnation !

LE COMTE.

Oui, sans doute, la sagesse et la beauté peuvent se trouver réunies, et il n'a tenu qu'à moi
de croire, sur la foi de mon père, que la veuve
du Comte de Monlor avoit toutes ces qualités.
Quelle idée ! Vouloir me faire épouser une

veuve qui a passé ses premières années à la cour.

LE SENECHAL.

Ah! je l'ai souvent dit à Monseigneur votre illustre père. Ce projet étoit presque absurde.

LE COMMANDEUR, *à part.*

Je me tiens à quatre pour ne pas assommer ce Sénéchal.

LE COMTE.

Il seroit difficile de me tromper sur ce point, et malheur à quiconque auroit cherché à m'en imposer. Baillis, il est encore temps de reprendre vos notes. (*Courbettes des Baillis et du Commandeur.*) Allez, Messieurs; je suis prêt à recevoir vos Rosières. (*Ils vont sortir.*) Ah! n'oubliez pas que vous dînez tous avec moi. (*Courbette générale.*)

LE SENECHAL, *bas au Comte.*

Monseigneur me paroît satisfait de la jeune Florette?

LE COMTE.

J'en suis enchanté! et si tout ce que vous m'en dites est l'exacte vérité.....

LE SENECHAL.

Ah! ah! Monseigneur, je veux être pendu!....

LE COMTE.

Nous verrons cela. (*Il le renvoie.*)

SCÈNE III.

LE COMTE, BASTIEN, L'OLIVE, et trois VILLAGEOIS.

LE COMTE.

Qu'est-ce ?

L'OLIVE.

Monseigneur, ce sont vos gens. Vous m'avez ordonné de les choisir parmi vos vassaux. (*Aux Villageois.*) Avancez, avancez donc ! (*Ils approchent timidement.*) Ils ne sont pas encore ce qu'on appelle bien dégourdis ; mais avec le temps et mes leçons !

LE COMTE, *à Bastien.*

Approche ! comment te nommes-tu ?

L'OLIVE.

Il s'appelle Bastien, Monseigneur.

LE COMTE.

Bastien, es-tu de ce village ?

BASTIEN.

Non, Monseigneur. J'sommes de Marcilli ; mais j'venons ici quasiment à tous les marchés.

LE COMTE, *à part.*

Il a peut-être entendu parler de Florette. Je puis l'interroger. Il paroît simple, naïf ; s'il sait quelque chose, il me dira tout. (*Haut.*) Approche, Bastien ; plus près, plus près encore,.... là. (*Il s'appuie sur son épaule, et dit aux autres :*) éloignez-vous.

L'OLIVE, *à part.*

Malpeste ! voilà un joli début dans le métier !

(Ils restent dans le fond.)

LE COMTE.

As-tu entendu parler de la jeune Florette?

BASTIEN.

La fille de l'auberge du grand Saint-Nicolas?

LE COMTE, *riant.*

Je ne connois pas ses qualités.

BASTIEN.

La Rosière!

LE COMTE.

Précisément.

BASTIEN, *à part.*

Il veut l'épouser, c'est sûr; si j'pouvions l'en détourner.

LE COMTE.

La connois-tu?

BASTIEN.

Oui, Monseigneur.

LE COMTE.

On la dit jolie?

BASTIEN.

Oh! oh! un petit minois chiffonné qui ne signifie trop rien. Du reste, en fait d'ça, chacun a son goût; mais ce ne serait pas le mien toujours!

LE COMTE, *riant.*

Ah! ah! vraiment!

BASTIEN.

Avec ça que mamselle Florette est la plus niaise du pays, et, ce n'est pas pour nous vanter; mais nous n'en manquons pas.

LE COMTE, *avec satisfaction.*

Tu dis que la jeune Florette.....

BASTIEN, *croyant l'effrayer.*

Oh! Monseigneur, elle est d'une innocence! d'une innocence!

LE COMTE, *à part.*

A merveille.

BASTIEN, *même jeu.*

Elle n'entend malice à rien, elle ne sait rien du tout.

LE COMTE, *à part, avec joie.*

Fort bien !

BASTIEN, *même jeu.*

Quelle différence avec les autres Rosières ! Oui, Monseigneur ; j'sommes sûr que la plus simple est encore mieux stylée que mamselle Florette !

LE COMTE, *à part.*

Tout cela se rapporte parfaitement avec ce que m'en a dit le Sénéchal !

BASTIEN , *à part, l'observant.*

Je crois, morgué : que ça fait effet.

LE COMTE.

Ainsi tu la crois sage?

BASTIEN.

Oh ! pour ce qui est de ça, j'sommes sa caution.

LE COMTE, *pour l'éprouver.*

On dit pourtant !

BASTIEN, *vivement.*

On n'a rien à dire, morgué ! mamselle Florette est honnête, ben honnête, Monseigneur. Il n'y a qu'une voix pour elle dans l'village, et je défions qu'on en trouve une plus sage dans votre seigneurie. (*A part.*) J'pouvons en être séparé, morgué ; mais je n'souffrirons jamais qu'on en dise du mal devant moi.

L'OLIVE, *annonçant.*

Monseigneur, on amène les Rosières.

LE COMTE, *gaîment.*

Voici le moment de faire usage de ma pénétration.

SCÈNE IV.

LE COMTE, LE SÉNÉCHAL, LE COMMANDEUR conduisant EUGENIE, chaque BAILLI conduisant sa ROSIÈRE. GARDES.

(*Le Comte, après avoir salué les Rosières, les fait asseoir et se place dans un fauteuil, vis-à-vis d'elles ; le Sénéchal est à son côté ; les Baillis sont rangés derrière les Rosières ; le Commandeur se trouve près d'Eugénie, qui est la première du rang.* *)

EUGENIE, *bas au Commandeur.*

Commandeur, je me sens tout intimidée.

LE COMMANDEUR, *bas.*

Du courage, morbleu, je suis là !

FLORETTE, *à part, regardant le Comte.*

Il est bien plus gentil que Bastien.

LE SÉNÉCHAL.

Monseigneur, voilà toutes les Rosières du pays ; elles sont au nombre de six. Votre fief est grand, et j'ai eu bien de la peine à les réunir.

---

* Le Sénéchal, le Comte, Justine, Lili, Anne, Cateau, Florette, Eugénie, le Commandeur.

LE COMTE.

Sénéchal, faites-moi connoître leurs noms.

LE SENECHAL.

Oui, Monseigneur. (*Il prend les papiers que le Comte a posés sur la table ; les Rosières ont toutes les yeux baissés.*)

LE COMTE, *à part.*

Leur embarras me divertit.

LE SENÉCHAL, *lisant.*

Justine Thibaut.... Justine Thibaut, levez-vous et approchez.... (*Elle se lève et approche timidement,* (*lisant,*) *âgée de quinze ans.*

LE COMTE.

Quelle est la note de son Bailli ?

LE SÉNECHAL, *lisant un autre papier.*

Bonne fille, douce, modeste, ingénue, l'innocence même.

LE COMTE.

C'est bien, très-bien. Justine, asseyez-vous. *Elle retourne à sa place.*)

LE SENECHAL, *lisant.*

Lili Mathurin, âgée de dix huit ans. Lili Mathurin, approchez. (*Elle approche.*)

LE COMTE.

Qu'en dit son Bailli ?

LE SENECHAL, *lisant.*

Attentive à ses devoirs, pieuse et bienfaisante ; elle fera une excellente mère ! l'innocence même.

LE COMTE.

A ravir ! à ravir ! (*d'un ton affable*) reprenez votre place.

LE SENECHAL, *lisant.*

Anne-Pauline Marcel, âgée de dix-neuf ans.

LE COMTE.

Qu'en dit son Bailli?

LE SENECHAL, *lisant.*

Caractère un peu mélancolique, n'aimant pas la danse, d'une timidité extrême, l'innocence même.

LE COMTE, *bas, au Sénéchal.*

Sénéchal, il paroît que l'année a été bonne.

LE SENECHAL.

Excellente, Monseigneur!

(*Pauline retourne à sa place, sur un geste affectueux du Comte, après avoir fait la révérence.*)

LE SENECHAL, *lisant.*

Cateau Bertrand, âgée de quinze ans, moins quelques semaines.

LE COMTE.

Elle est bien jeune? Qu'en pense son Bailli?

LE SENECHAL.

Voici ce qu'il en dit : (*lisant*) *Charmante enfant, douce, naïve, docile, mais d'un caractère si vif, qu'on n'a pas cru devoir différer plus long-temps de lui donner la rose.*

LE COMTE.

Voyez-vous, la petite espiègle. Asseyez-vous, mademoiselle Cateau.

LE SENECHAL, *lisant d'une voix plus sonore.*

Florette l'Eveillé.

FLORETTE, *s'approchant et faisant la révérence.*

C'est moi, Monseigneur.

LE COMTE, *au Sénéchal.*

Sénéchal, je la trouve encore plus jolie que ce matin.

LE SENECHAL.

Et moi aussi, Monseigneur.

FLORETTE, *à part.*

Comme il me regarde!

LE SENECHAL, *lisant avec emphase.*

Agée de seize ans, fille très-douce, très-modeste, très-naïve, très-aimable et sans malice.

FLORETTE, *à part.*

Oh! pour ce qui est d'ça, l'papier ment un petit brin.

LE COMTE, *à part.*

Voilà comme elles sont toutes au village. (*A Florette, avec une bienveillance très-marquée.*) Florette, remettez-vous. (*Bas, au Sénéchal.*) Terminons promptement.

LE SENECHAL, *lisant rapidement.*

Angélique Bontems.

LE COMMANDEUR, *à part.*

Corbleu! nous y voilà.

LE SENECHAL, *lisant.*

Agée de vingt ans et trois mois. Angélique, approchez. (Angélique approche, sa démarche

*décente et noble doit contraster fortement
avec celle des autres Rosières.*)

LE COMTE, *à part.*

Une Rosière de vingt ans passés! (*Occupé
de Florette.*) Qu'en dit son Bailli?

LE SENECHAL, *lisant.*

Aussi vertueuse que belle!

LE COMTE, *sur ces mots la regarde et demeure
frappé de ses traits et de sa tournure. Se
levant :*

Que vois-je!

MORCEAU D'ENSEMBLE.

LE COMTE.

Quel maintien enchanteur! quelle grâce! quels charmes!
Mon cœur en la voyant lui rend soudain les armes.

ENSEMBLE, *à part.*

Non, non, vraiment, je n'ai jamais
A la ville vu tant d'attraits.

EUGENIE.

Je crois vraiment que je lui plais,
Cela serviroit mes projets.

LE COMMANDEUR.

Je crois vraiment qu'elle lui plaît,
Cela serviroit mon projet.

LE SENECHAL.

Je crois vraiment qu'elle lui plaît,
Cela nuiroit à mon projet.

LES ROSIERES ET LES BAILLIS.

Je crois vraiment qu'elle lui plaît,
Cela nuiroit à mon projet.

LE COMTE.

Sur la terre si l'innocence
Par hasard descendoit jamais,
Cette déité que j'encense
N'emprunteroit pas d'autres traits.

LES ROSIÈRES, *bas aux Baillis.*

Monsieur l'Bailli, c'est elle qu'il préfère.

LES BAILLIS, *bas aux Rosières.*

Rassurez-vous,
Monseigneur sera votre époux.

LE COMTE, *à Eugénie.*

Allons, rassurez-vous, ma chère!
(*A part.*)
Elle tremble, la pauvre enfant!

EUGENIE, *à part.*

J'ai donc un air bien innocent.

LE COMTE.

Votre Bailli, belle Rosière,
Où donc est-il?

LE COMMANDEUR.
Il est ici,
(*A part*)
Je vais donc parler, dieu merci!

LE COMTE, *aux Baillis et aux Rosières.*

Retirez-vous; allez m'attendre;
Vous connoîtrez bientôt mon choix.
(*A Eugénie.*)
Demeurez, je veux vous entendre.

LE SENECHAL, *à part*
Elle lui plaît, ah! je le vois.
(*Bas au Comte.*)
Monseigneur, Florette est charmante.

LE COMTE, *occupé d'Angélique.*
Sénéchal, Florette m'enchante!
Dans l'instant je vais la revoir.

LE SENECHAL, *à part.*
Faudroit-il perdre tout espoir?

EUGENIE, *à part.*
En vérité, je suis tremblante.

LE COMTE.
Non, non, vraiment, je n'ai jamais, etc.

(Les Baillis emmènent les Rosières ; le Sé-
néchal restoit ; il sort, sur un geste du
Comte.)

SCENE V.

LE COMTE, EUGENIE, LE COMMANDEUR.

LE COMTE.
Bailli, le choix que vous avez fait de cette
jeune personne, prouve votre impartialité, et je
vous félicite de votre discernement.

LE COMMANDEUR.
Permettez, Monseigneur, que je vous fasse mon
compliment sur le vôtre, et que....

LE COMTE, *à Eugénie, avec bonté.*
Redites-moi votre nom?

LE COMMANDEUR.
Elle s'appelle....

LE COMTE.

Ne me privez pas du plaisir de l'entendre.

EUGENIE.

Angélique, Monseigneur.

LE COMTE.

Angélique! ce nom vous sied à ravir. Est-ce la première fois que vous sortez de votre village?

LE COMMANDEUR.

Oui, Monseigneur, et jamais.....

LE COMTE.

Bailli, laissez-la répondre : vous l'intimidez.

EUGENIE.

Monseigneur, je n'avois jamais désiré en sortir, et j'avoue que maintenant....

LE COMMANDEUR, *riant.*

Elle désire n'y plus rentrer.

LE COMTE, *à Eugénie.*

Est-ce cela que vous vouliez dire?

EUGENIE, *timidement.*

Monseigneur....

LE COMTE, *au Commandeur.*

Je vois, mon cher Bailli, que votre présence l'embarrasse. Le temps est beau, mes jardins sont superbes!

LE COMMANDEUR, *à part, gaîment.*

C'est cela, il m'envoie promener. (*Haut en ricanant.*) J'y vais, Monseigneur, j'y vais à l'instant. (*A part.*) Il a raison, palsambleu! il a raison : je suis de trop ici ; laissons-les seuls. C'est une veuve, il n'y a rien à risquer.

(Il sort après avoir fait un geste d'intelligence à Eugénie.)

SCENE VI.

LE COMTE, EUGENIE.

LE COMTE, *à part.*

Je crois en vérité que je suis presque aussi embarrassé qu'elle. C'est l'ascendant de l'innocence.

EUGENIE, *à part, en riant.*

Nous voilà seuls, je commence à me rassurer un peu.

LE COMTE, *s'approchant d'elle.*

Angélique, pourquoi trembler ainsi ?

EUGENIE.

Monseigneur....

LE COMTE.

Allons, rassurez-vous et causons de bonne amitié.

EUGENIE.

Ah! Monseigneur, tant d'honneur !.....

LE COMTE.

Vous est bien dû, charmante Angélique. Aujourd'hui la vertu est si rare qu'on ne sauroit trop l'honorer. Vous savez le motif pour lequel j'ai fait réunir les Rosières de mon fief dans ce château ?

EUGENIE.

Oui, Monseigneur : on dit que c'est pour couronner la plus sage des sages.

LE COMTE.

Vous avez, j'en suis sûr, beaucoup d'espérance?

EUGENIE.

Ah! Monseigneur.

ROMANCE.

1ᵉʳ. COUPLET.

Je suis sage, j'obtins la rose;
Et personne ne fut surpris,
Lorsque l'on m'accorda ce prix
Qu'à la sagesse l'on propose.
De moi jamais on ne parla
Qu'avec respect dans mon village;
Et j'ai bien peur, malgré cela,
De ne pas être la plus sage.

LE COMTE.

Modestie de Rosière, mon enfant.

EUGENIE.

2ᵉ. COUPLET.

Au fond d'une simple retraite,
Près d'une mère, chaque jour,
J'ai fui les piéges que l'amour
Tend sous les pas d'une fillette.
De l'onde que rien ne troubla
Mon cœur est la paisible image;
Et j'ai bien peur, malgré cela,
De ne pas être la plus sage.

LE COMTE.

Ah! charmante Angélique, un secret pressentiment me dit que j'ai enfin trouvé ce qui manquoit à mon bonheur.

EUGENIE.

Ah! Monseigneur, comment une simple villageoise oseroit-elle se flatter?....

LE COMTE.

Eh! mon enfant, quand on ne trouve pas ce qu'on désire à la ville, il faut bien venir le chercher au village.

EUGENIE, *innocemment.*

Les dames de la ville ont donc bien des défauts, Monseigneur?

LE COMTE, *riant.*

Si elles en ont!....

EUGENIE.

Il paroît que Monseigneur a quelques raisons de s'en plaindre?

LE COMTE, *embarrassé.*

Mais...

EUGENIE, *lui faisant la révérence.*

Monseigneur, que vous ont-elles donc fait?

LE COMTE, *à part.*

Voilà une question qui ne peut partir que d'une âme extrêmement pure. (*Haut.*) Comment, Angélique, vous ne concevez pas quels sont les reproches que je puis leur adresser.

EUGENIE.

Non, Monseigneur.... Ah! je devine: elles ont

peut-être fait comme moi. Quand un garçon du village venoit me dire que j'étois jolie, je refusois de le croire.

LE COMTE, *avec suffisance.*

Non, non, ce n'est pas cela. En général, j'ai assez rencontré de femmes crédules.

EUGENIE.

De quoi Monseigneur peut-il donc se plaindre?

LE COMTE, *à part.*

Je ne sais comment lui expliquer...... (*Haut.*) Tenez, par exemple, au village, quand on vous disoit que vous étiez aimable, jolie, vous ne vouliez croire personne? eh bien! sur cet article, à la ville, les dames sont toujours tentées de croire tout le monde. Comprenez-vous?

EUGENIE.

Non, Monseigneur.

LE COMTE, *enchanté.*

Aimable ignorance!

EUGENIE, *par réflexion.*

Ah! j'ai entendu dire qu'à la ville les femmes étoient un peu malignes, un peu rusées.

LE COMTE.

Un peu rusées! Vous avez trouvé le mot.

EUGENIE.

Elles se sont peut-être moqué de Monseigneur?

LE COMTE, *avec un rire forcé.*

C'est cela même, vous y voila. (*A part.*) Touchante ingénuité! (*S'approchant d'elle de très-près et d'un air bien tendre.*) Avec vous, Angélique, je n'aurai point à craindre un semblable malheur.

EUGENIE, *faisant une révérence avec beaucoup de sang-froid.*

Non, Monseigneur.

LE COMTE, *avec suffisance.*

Vous pouviez vous dispenser de répondre, je l'avois déjà lu dans vos yeux.

DUO.

ENSEMBLE.

EUGENIE, *à part.*
Plaisir extrême! heureux moment!
Ah! combien je dois être fière!
Veuve déjà depuis un an,
Ici je passe pour Rosière!

LE COMTE, *à part.*
Délire extrême! heureux moment!
Ah! combien elle sait me plaire!
J'ai donc trouvé l'objet charmant
Dont je poursuivois la chimère.

Ma belle enfant,
Je suis content;
Votre innocence
Aura sa récompense.

EUGENIE.

Ah! Monseigneur,
C'est trop d'honneur.

LE COMTE.

Non, je ne puis en douter davantage,
C'est vous qui serez la plus sage.

EUGENIE, *avec malice.*

Ah! Monseigneur!
C'est trop d'honneur.

LE COMTE.

Non, je sais m'y connoître.

EUGENIE, *avec finesse.*

Monseigneur se trompe peut-être.

ENSEMBLE.

Plaisir extrême! heureux moment! etc.

LE COMTE.

Avant de m'éloigner de vous,
Ah! laissez-moi sur votre main jolie,
D'un baiser. ......

EUGENIE.

Monseigneur s'oublie!

LE COMTE.

Je le demande à vos genoux.

EUGENIE.

Non, non, si j'accordois ce gage
Que me demande votre cœur,
A vos yeux, soudain, Monseigneur,
Je ne serois pas la plus sage.

LE COMTE.

Elle refuse, ah! c'est charmant!
Voilà le bonheur suprême.

ENSEMBLE.

Plaisir extrême! heureux moment! etc.

LE COMTE.

Mais l'impartialité exige que je voie les autres

Rosières; je me rends auprès d'elles, et je reviens auprès de vous.

(Eugénie le salue avec beaucoup de modestie, et le Comte sort enchanté.)

SCENE VII.

LE COMMANDEUR, EUGENIE.

LE COMMANDEUR , *avançant doucement comme un homme qui écoutoit; il a la figure radieuse.*

Bravo! ma chère Eugénie, bravo ! corbleu ! vous avez joué l'innocente à merveille.

EUGENIE.

Comment, mon cher Commandeur, vous nous écouliez?

LE COMMANDEUR.

Est-ce qu'un Bailli ne doit pas veiller sur sa Rosière?

EUGENIE.

Eh bien! vous l'avez vu : il étoit à mes genoux.

LE COMMANDEUR.

C'est déjà beaucoup; par malheur, votre rôle de Rosière ne peut pas toujours durer.

EUGENIE.

Oh ! rassurez-vous. Je ne reprendrai celui de veuve que lorsque le Comte sera entièrement séduit.

LE COMMANDEUR.

Je vous en prie, ma chère Eugénie, hâtez-vous de le séduire. Autant ce rôle de Rosière est agréable pour vous, autant celui de Bailli est pénible pour moi. Il y a ici un Sénéchal qui me fera perdre l'esprit, ou la patience que je vous ai promise.

EUGENIE, *riant.*

Un peu de résignation, mon cher Commandeur. Je vous avoue, avec toute l'ingénuité que mon costume exige, que, malgré la suffisance et les nombreux défauts du Comte, j'ai cru démêler en lui assez de qualités pour me faire regretter de ne point réussir dans notre entreprise.

(*Ici le Comte rentre avec le Sénéchal ; celui-ci lui montre avec joie le Bailli qui vient de prendre la main de la Rosière. Ils s'arrêtent dans le fond.*)

LE COMMANDEUR.

Vous réussirez, corbleu! vous réussirez. Vous savez combien je vous aime ; quand vous serez l'épouse du Comte, je vous aimerai encore davantage.....

LE COMTÉ, *à part.*

Qu'entends-je?

LE COMMANDEUR, *embrassant tendrement Angélique*.*

Si la chose est possible!

---

* Sur le front ou sur la main.

SCENE VIII.

LES MÊMES, LE COMTE, LE SENECHAL.

LE SENECHAL, *approchant.*

Malpeste! Bailli, comme vous y allez!

LE COMMANDEUR, *à part.*

Diable!

LE SENECHAL.

Et vous mademoiselle la Rosière, aussi vertueuse que belle!

EUGENIE, *au Comte.*

Monseigneur...

LE COMTE *sévèrement, mais avec noblesse.*

Retirez-vous.

LE COMMANDEUR.

Monsieur le Comte......

LE COMTE.

Sortez.

LE COMMANDEUR.

Monseigneur, permettez-moi!

LE SENECHAL.

Sortez, Bailli, sortez!

LE COMMANDEUR, *s'emportant.*

Mais mille millions de....

EUGENIE, *bas.*

Silence! ou tout est perdu.

LE COMTE, *avec dignité.*

Sénéchal, vous serez reconduire Mademoiselle à son village, et vous donnerez à ce Bailli l'ordre de cesser ses fonctions.

LE SENECHAL.

Avec plaisir, Monseigneur.

EUGENIE, *au Commandeur en sortant.*

Voilà un contre-temps auquel j'étois loin de m'attendre.   (*Ils sortent.*)

SCENE IX.

LE COMTE, LE SENECHAL.

LE COMTE, *s'asseyant.*

Je ne reviens pas de ma surprise.

LE SENECHAL, *à part.*

Cette petite aventure ne pouvoit arriver plus à propos pour Florette.

LE COMTE.

Je l'ai demandé, ce baiser; et à genoux encore ! elle me l'a refusé : et ce vieux Bailli.....

LE SENECHAL.

C'est qu'il appuyoit fortement !

LE COMTE.

Je m'en suis aperçu.

LE SENECHAL, *d'un ton patelin.*

Monseigneur, Florette n'eût point fait cela.

LE COMTE.

J'aime à me le persuader.

LE SENECHAL.

Florette est aussi jolie qu'Angélique.

LE COMTE.

Elle l'est bien davantage ! et maintenant je ne puis me rendre compte de ce qui m'avoit séduit dans Angélique.

LE SENECHAL.

Je n'aurois jamais pris la liberté de vous en faire apercevoir ; mais je vous avoue, Monseigneur, que je ne concevois point la préférence que vous étiez prêt à lui donner. Son maintien est gauche, son air froid, embarrassé : tandis que Florette est vive, enjouée.....

LE COMTE.

Et ce caractère annonce toujours une âme pure, une conscience tranquille. Ainsi, vous me répondez de sa sagesse.

LE SENECHAL.

Monseigneur, je vous la garantis !

LE COMTE, *se levant.*

Je me décide pour Florette ; (*à part.*) puisse l'aspect de son bonheur me venger de la perfidie d'Angélique. (*Appelant.*) Hola ! quelqu'un !

SCENE X.

LES MÊMES, BASTIEN.

BASTIEN.

Monseigneur!

LE COMTE.

Faites venir la jeune Florette.

BASTIEN, *à part.*

Est-ce qu'il l'auroit choisie!

LE COMTE.

Ah! Bastien, je vous charge de préparer la couronne que je lui dois comme la plus sage.

BASTIEN.

Moi, Monseigneur!

LE SENECHAL.

Obéissez.

BASTIEN, *à part.*

Je n'avons plus d'espoir!

LE SENECHAL, *à Bastien.*

Un moment. (*A mi-voix.*) Monseigneur, vous voilà bien décidé pour l'aimable, l'intéressante Florette; mais, en lui donnant la préférence, vous allez humilier ses compagnes. Pourquoi ne pas leur laisser croire que vous les trouvez toutes également sages, et que le hasard seul va diriger votre choix? (*Bastien écoute.*)

LE COMTE.

J'approuve votre idée, Sénéchal. Vous ferez

voiler toutes les Rosières, vous les conduirez en ces lieux. C'est ici que je choisirai, en présence de tout le village,'celle à qui je veux confier le soin de mon bonheur. (*Il prend une rose dans le vase qui est sur la table.*) Cette rose, attachée au corset de Florette, et cachée sous son voile, qu'elle soulèvera quand je m'approcherai, doit me la faire reconnoître parmi ses compagnes. Angélique seule sera exclue de ce concours. Par ce moyen, je lui préfère toutes ses rivales à la fois : elle est assez punie. Bastien, allez préparer la couronne. Vous, Sénéchal, allez remplir mes intentions.

BASTIEN, à part, en sortant.

Voyez-vous la manigance ?

LE SENECHAL, à part.

Par ce moyen, on ne m'accusera pas de l'avoir influencé. (*Il sort.*)

SCENE XI.

LE COMTE, *seul.*

Comment ai-je pu m'abuser un instant sur le caractère d'Angélique ? Ah ! je sens, plus que jamais, que l'on a toujours tort de ne pas suivre la première impulsion. Elle avoit été pour Florette, et Florette ne me trompera pas. Si celle-là m'abusoit encore, il faudroit renoncer à trouver

l'innocence sur la terre! On vient. Voici le moment décisif; livrons-nous à notre étoile! (*en
riant.*) elle a peut être changé !

SCENE XII.

LE COMTE , LE SENECHAL , BRIGITTE, VILLAGEOIS.

CHŒUR.

Accourons tous, voici l'instant heureux
Où Monseigneur va, par un choix prospère,
  De la plus aimable Rosière
  Couronner tous les vœux.

LE COMTE, *bas au Sénéchal.*

Sénéchal, vous avez fait ce dont nous sommes convenus.

LE SENECHAL, *bas.*

Oui, Monseigneur, la rose est à gauche.

LE COMTE, *bas.*

C'est bien.(*Haut.*)Mes amis, d'après les notes de leurs Baillis et les renseignemens qui m'ont été donnés sur les Rosières, j'ai jugé qu'elles avoient toutes mérité la récompense que j'ai promise à la sagesse; et, sans crainte de me tromper, c'est au hasard que j'ai résolu de m'en rapporter.

SCÈNE XIII.

LES MÊMES, LES BAILLIS, LES ROSIÈRES,
couvertes de voiles épais. GARDES. *(Danse.)*

FINALE.
LE COMTE.

Jeunes beautés, avant que parmi vous
Je nomme l'épouse chérie
Qui va me voir, à ses genoux,
Lui consacrer toute ma vie;
S'il en est une dont le cœur
De l'amour connoisse l'empire,
Et tout bas soupire,
Qu'elle désigne son vainqueur
Et par les nœuds de l'hyménée
J'unis soudain leur destinée.

BASTIEN, *à part.*

Hélas! la cruelle Florette
Doit-elle encor rester muette,
Quand ell' peut faire not' bonheur!

LE COMTE.

Ainsi, ce n'est point une erreur,
Aucune n'a donné son cœur.

LES ROSIÈRES.

Non, non, Monseigneur.

LE COMTE, *prenant la couronne.*

Eh bien! la douce récompense
Que je destine à l'innocence,
En ce jour à mon cœur si doux,
Cette couronne, elle est à vous.

*(Il s'approche des Rosières en les observant.
Tout-à-coup chacune d'elles soulève son
voile à gauche et découvre une rose. Ce mou-
vement doit être très-prompt.)*

O ciel! surprise extrême!
Que veut donc dire cela?

LE SENECHAL.

Je n'y comprends rien moi-même.
Qui diable, a mis ces fleurs-là?

LE COMTE.

Comment reconnoître Florette?
Me voilà bien embarrassé.

BASTIEN.

Ah! quel plaisir!
Il n'ose plus choisir;
Ah! comme il est embarrassé.

TOUS.

Il balance, il s'arrête;
Ah! comme il est embarrassé!
Que s'est-il donc passé?

LE COMTE.

Je craindrois de m'y méprendre.

LE SENECHAL.

Comme vous je n'ose choisir;
Mais, Monseigneur, sans plus attendre,
Il faut......(*Il veut lever les voiles.*)

LE COMTE, *l'arrêtant.*

Il faut réfléchir.

LE COMTE ET LE SENECHAL.

Tout ceci cache un mystère
Que je veux approfondir.
Est-ce bien d'une Rosière
Que ce tour-là peut venir?
Je balance, et n'ose choisir.

BASTIEN.

Moi seul, j' connoissons tout l' mystère,
Vraiment, ah! quel plaisir!
Il ne sait plus que faire :
Il n'ose plus choisir.
Il balance, il n'ose choisir,

TOUS.

ENSEMBLE.

> Quel est donc ce mystère ?
> Et pourquoi ne pas choisir
>   Quell' sera la Rosière
> A laquelle il va s'unir ?
> Il balance, il n'ose choisir.

LE COMTE.

Avant mon mariage,
Je veux savoir le but de ce tour infernal.
Je ne croyois pas qu'au village
On eût tant d'esprit en partage.

LE SENECHAL et BRIGITTE, *à part.*

Quel contre-temps fatal !
C'est une perfidie.

LE COMTE.

Mes amis, contre mon espoir,
Je suis forcé jusqu'à ce soir
De retarder le bonheur que j'envie.
A ce soir la cérémonie :
En attendant, en toute liberté,
Qu'on se livre, en ces lieux, à la franche gaîté.

(*A part, en riant.*)

Ah ! vraiment de cette malice
Il faut connoître l'auteur :
Si c'est une Rosière, elle n'est pas novice ;
Ce tour lui fait beaucoup d'honneur.

CHŒUR GÉNÉRAL.

Tout ceci cache un mystère, etc.
Quel est donc ce mystère, etc.

FIN DU SECOND ACTE.

ACTE III.

(Même décor qu'au premier Acte.)

SCENE I.

LE COMMANDEUR, *dans son costume ordinaire,* **LE COMTE.**

LE COMTE.

Franchement, mon oncle, j'avois bien entendu dire dans mon enfance, que vous pouviez devenir un jour un Grand-Amiral; mais personne n'avoit découvert en vous une vocation bien prononcée pour l'état de Bailli.

LE COMMANDEUR.

Trève de plaisanterie! Vous persistez donc dans la folle résolution d'épouser une Rosière?

LE COMTE.

Plus que jamais, mon oncle; car je vois que les événemens de la matinée ont été adroitement amenés par vous pour me détourner de mon projet. (*Riant.*) Il me paroît d'ailleurs que les Rosières ne vous déplaisent pas extrêmement : je vous ai vu.....

LE COMMANDEUR, *à part.*

Il ignore encore que c'est la Comtesse. (*Haut.*)
Ecoutez-moi : espérant vous faire renoncer à l'u-
nion ridicule que vous voulez contracter, j'ai pris
la place de l'un de vos Baillis, et je me suis
chargé d'amener ici sa Rosière; mais puisque je
n'ai pu me contraindre plus long-temps, et que
me voilà redevenu le Commandeur d'Apremont,
voici ce que je vous propose : je consens à conduire moi-même à l'autel, et aussi solennellement
que possible, votre femme, fût-ce mademoiselle
Lili Mathurin, ou même mademoiselle Cateau
Bertrand, si, parmi toutes ces Rosières, il s'en
trouve une seule qui réponde à l'idée que vous
vous en faites.

LE COMTE.

Une seule, mon oncle ?

LE COMMANDEUR.

Une seule ! Mais j'y mets pour condition que
vous me seconderez dans l'épreuve que je vais
tenter, et que vous ferez tout ce que je vous ai
demandé.

LE COMTE.

Je cède à vos désirs, mon oncle, seulement
pour vous prouver mon respect, et combien est
injuste l'opinion défavorable que vous avez de
ces jeunes filles.

LE COMMANDEUR.

Nous allons voir.

LE COMTE.

Voici mon Sénéchal.

LE COMMANDEUR.

Ah ! je vais prendre ma revanche.

LE COMTE.

Il est avec Angélique.

LE COMMANDEUR.

Il est essentiel que le Sénéchal ignore nos projets.

LE COMTE.

Il les ignorera.

SCENE II.

LES MÊMES, LE SENECHAL, EUGENIE.

LE SENECHAL.

Monseigneur, voici l'ex-Rosière qui va partir sur-le-champ pour son village, comme vous l'avez ordonné.

LE COMTE, *avec malice.*

Et son Bailli, Sénéchal ?

LE SENECHAL.

Monseigneur, je l'ai cassé de ses fonctions, et c'est une perte facile à réparer : cet homme n'étoit pas plus fait pour être Bailli !

LE COMMANDEUR, *se montrant* *.

Comme vous dites, monsieur le Sénéchal.

---

* Le Sénéchal, le Commandeur, Angélique, le Comte.

LE SENÉCHAL, *stupefait.*

Que vois-je ?

LE COMTE.

Le Commandeur d'Apremont, mon oncle.

LE SENÉCHAL.

Quoi ! Monseigneur, c'étoit vous qui ?.....

LE COMMANDEUR.

Oui, monsieur le Sénéchal, c'étoit moi !

LE SENÉCHAL.

Ah ! Monseigneur, si j'avois pensé......

LE COMMANDEUR.

Silence !

LE SENECHAL.

Croyez, Monseigneur le Commandeur......

LE COMMANDEUR.

Silence, palsambleu !

LE SENÉCHAL.

Monseigneur, je suis un sot.

LE COMMANDEUR.

Parlez! les raisons que vous me donnez là
sont excellentes. (*Au Comte.*) Rentrons!

LE COMTE, *qui pendant cette scène, n'a cessé
de regarder Eugénie.*

Sénéchal, Mademoiselle ne part plus.

EUGENIE.

Pardonnez, monsieur le Comte ; mais après
l'affront que j'ai reçu, je ne puis rester plus long-
temps en ces lieux.

LE COMTE.

Qu'entends-je ?

LE COMMANDEUR, *au Comte.*

Oh ! elle a du caractère !

EUGENIE.

Daignez reprendre cette fleur; il ne m'est plus
permis de la porter.

LE COMTE.

Eh ! quoi ! charmante Angélique.

EUGENIE, *s'adressant à la rose qu'elle détache*
de son corset.

AIR.

Adieu rose,
A peine éclose,
Mes regrets sont superflus.
Je te révère et t'honore;
Mais puis-je te garder encore ?
Je ne te mérite plus.
Ah ! Monseigneur !
Reprenez cette fleur.
Votre soupçon m'offense,
J'ai perdu l'espérance
De toucher votre cœur.
Je retourne au village,
Où j'ai reçu le jour.
J'y serai toujours sage,
Et j'y fuirai l'amour;
Mais, hélas! sans retour.
Adieu rose, etc.

(Elle jette la rose aux pieds du Comte et
s'enfuit.)

LE COMTE, *voulant la suivre.*

Angélique !

LE COMMANDEUR, *l'arrétant.*

Rassurez-vous ; elle ne partira pas sans moi : sa famille me l'a confiée.

LE COMTE.

Sénéchal, suivez-nous au château.

LE SENECHAL.

Oui, Monseigneur. (*A part.*) Hum ! les six cents livres que j'ai hypotéquées sur le cœur de monsieur le Comte, me paroissent bien aventurées. (*Ils rentrent au château.*)

SCENE III.

BASTIEN, FLORETTE. (*Florette arrive par la droite en fuyant Bastien.*)

DUO.

FLORETTE.

Laissez-moi, Bastien, laissez-moi,
Je veux obéir à ma mère.
Je redoute trop sa colère
Pour oser vous garder ma foi.

BASTIEN.

Aime-moi, Florette, aime-moi,
Je mettrai mes soins à te plaire ;
Et quelle dame sur la terre
Sera plus heureuse que toi !
Près d'la grandeur est la tristesse !
Au lieu d'danser sur le gazon ;
Tu bâilleras dans un salon ;
Tu n'entendras plus d'la musette

Le son joli,
Et tu n'iras plus à la fête
De Marcilli.
FLORETTE.
On m'a dit qu'une comtesse
A des dam's pour la servir,
Et puisqu'elle a beaucoup d'richesse,
Vois-tu, ça fait toujours plaisir !
BASTIEN.
Pour d'l'or peux-tu me trahir?

(*Parlé.*)   **FLORETTE.**

Peux-tu croire cela, mon petit Bastien? Moi!
je pourrois! Oh! non, vois-tu! Et pourtant....
Laissez-moi, Bastien, laissez-moi.
BASTIEN.
Aime-moi, Florette, aime-moi!
Monseigneur est un volage;
Il a vingt fois chàngé d'amours;
Simple fillette de village,
Tu ne lui plairas pas toujours.
Moi, je le sens, ma douce amie,
Je t'aimerai toute la vie.

(*Il lui prend la main.*)

FLORETTE, *attendrie.*
Tu m'aimeras toute la vie ?

(*Résistant faiblement.*)

Laisse-moi, Bastien, laisse-moi, etc.
BASTIEN.
Aime-moi, Florette, aime-moi, etc.
(*Florette retire sa main en voyant arriver Cuteau.*)
BASTIEN.
Eh bien ! eh bien ! cruelle,
Puisque vous n'voulez plus de moi,
Je vais près d'une autre belle
Porter mon cœur et ma foi.

SCÈNE IV.

CATEAU, BASTIEN, FLORETTE.

BASTIEN.

Voici justement un' Rosière,
Peut-être, pourrai-je lui plaire.
(Courant à Cateau.) Mamselle, depuis ce matin,
Je vous aimons à la folie.

CATEAU, *surprise.*

Qui! Moi?

BASTIEN.

Vous-même et pour la vie.

FLORETTE.

Voyez quel changement soudain!

CATEAU.

Ce matin vous aimiez Florette!

BASTIEN.

Mais vous avez fait ma conquête?

FLORETTE, *courant à lui.*

Se pourroit-il, Bastien? Eh! Quoi!....

CATEAU, *à Bastien.*

Laissez-moi, Monsieur, laissez-moi;
Aucun amant ne peut me plaire;
De me montrer toujours sévère.
Le devoir me fait une loi.

BASTIEN, *à Florette.*

Laissez-moi, mamselle, laissez-moi,
Craignez, redoutez la colère
Dont vous menace votre mère :
Je vous rends ici votre foi.

<table>
<tr><td rowspan="6">ENSEMBLE.</td><td>FLORETTE, à Bastien, d'une voix
caressante.</td></tr>
</table>

Aime-moi, Bastien, aime-moi ;
Comment ai-je pu te déplaire ?
Je dois obéir à ma mère ;
Mais je ne veux aimer que toi.

SCÈNE V.

LES MÊMES, BRIGITTE.

BRIGITTE.

Te v'là encore ici, mauvais sujet ! Et vous,
mamselle, pourquoi restez-vous avec lui ?

FLORETTE, *le laissant avec Cateau.*

Vous voyez bien, ma mère, qu'il n'est pas avec
moi.

CATEAU, *laissant Bastien au milieu de la
scène.*

Ni avec moi, mamselle.

BASTIEN.

Je n'étions pourtant pas seul.

BRIGITTE.

Voici monsieur le Sénéchal. Ah ! mon dieu,
comme il a l'air triste ! (*A part.*) Est-ce que Monseigneur ne voudroit plus de Florette ?

SCENE VI.

LES MÊMES, LE SENECHAL, *deux gardes et le tambour du village.*

LE SENECHAL.

Voilà de ces événemens fâcheux!...(*A Brigitte.*) Tout est fini, madame Brigitte; il ne faut plus songer au bonheur que nous nous étions réciproquement promis.

BRIGITTE.

Qu'est-il donc arrivé?

LE SENECHAL

Vous allez le savoir. (*Il fait un signe au tambour : il fait un roulement; tout le village accourt. Tableau.*)

SCENE VII.

LES MÊMES, LES BAILLIS, LES VILLAGEOIS. (*Ils entourent le Sénéchal.*)

LE SENECHAL.

Mes amis et Messieurs, un ordre du Roi vient de forcer Monseigneur à partir sur-le-champ pour Paris.

BRIGITTE.

Monseigneur est parti!

LE SENECHAL.

Je l'ai vu monter en voiture.

BRIGITTE.

Et son mariage?

LE SENECHAL.

Le Roi lui ordonne d'épouser une dame de la cour, et quand le Roi parle, il faut obéir. Ce n'est pas tout, mes amis et messieurs; Monseigneur est parti; mais son oncle, monsieur le Commandeur d'Apremont, est arrivé.

BRIGITTE.

Monseigneur le Commandeur!

LE SENECHAL.

Désespéré de l'événement inattendu qui met obstacle au mariage de son neveu, et désirant faire le bonheur des Rosières, monsieur le Commandeur veut les marier aujourd'hui même et les doter richement.

BRIGITTE

Il n'y a que de braves gens dans cette famille.

LE SENECHAL.

Mais ne voulant point que ces jeunes personnes soient mariées contre leur inclination, ce qui fait toujours de mauvais mariages et amène trop souvent les plus tristes résultats, il a décidé, dans sa sagesse, qu'il n'y auroit de mariées cette année, que celles d'entre les Rosières qui pourroient prouver, par un certificat de leur Bailli, (*courbettes des Baillis.*) qu'elles ont un amoureux, au moins depuis trois mois. La dot est de dix mille livres !

BRIGITTE, *bas.*

Dix mille livres ! Florette. Y a-t-il trois mois que vous connoissez Bastien ?

FLORETTE.

Non, ma mère.

BRIGITTE, *avec humeur.*

Petite sotte!

LE SENECHAL.

Pour nous conformer aux intentions généreuses de monsieur le Commandeur, rendons-nous au bailliage, afin que chacune des Rosières puisse exposer et faire valoir ses droits à la dot promise. C'est sur cette place, devant le village assemblé, que se fera la cérémonie. Ne perdons pas un instant; monsieur le Commandeur veut repartir ce soir.

(*Ils sortent et se rendent au bailliage; le Sénéchal reste avec Brigitte qui l'arrête.*)

SCÈNE VIII.

LE SENECHAL, BRIGITTE.

LE SENECHAL.

Il est bien fâcheux maintenant, madame Brigitte, que Florette soit si sage!

BRIGITTE.

Oh! sans doute elle est sage, monsieur le Sénéchal, et cependant....

LE SENECHAL.

Oui, je devine; mais ce seroit une absurdité. La sagesse de Florette est connue dans tout le village. On ne l'a jamais vue avec personne.

BRIGITTE.

Oh! pour ce qui est de ça, monsieur le Sénéchal, on l'a vue quelquefois avec un jeune garçon; (*en confidence*) il y avoit de l'amourette sous jeu depuis près de trois mois.

LE SENECHAL.

Depuis près de trois mois! vous me disiez encore tantôt....

BRIGITTE.

Excusez, monsieur le Sénéchal, c'était la vanité.

LE SENECHAL.

La vanité! la vanité! belle raison! m'exposer à me faire pendre.

BRIGITTE.

Je voulions risquer le tout pour le tout! et j'espérons, monsieur le Sénéchal, que par amitié pour moi, quoiqu'il n'y ait pas tout à fait trois mois....

LE SENECHAL.

Non pas, non pas, madame Brigitte; la justice, la probité, voilà ma devise, à moi! et les ordres de monsieur le Commandeur seront ponctuellement exécutés.

BRIGITTE.

Mais, monsieur le Sénéchal....

LE SENECHAL.

Je ferai mon devoir, madame Brigitte, je ferai mon devoir! (*Il sort.*)

BRIGITTE, *à part, riant.*

J'sommes tranquille, il commence toujours par dire cela.

SCÈNE IX.

LE COMMANDEUR, *sortant du Château,*
BRIGITTE.

BRIGITTE.

V'la, je gage, monsieur le Commandeur; votre
servante, Monseigneur.

LE COMMANDEUR, *à part.*

Ah! c'est la femme qui reçoit si bien les Baillis.

BRIGITTE, *à part.*

Ah! mon Dieu! je ne me trompons pas; c'est
M. le Bailli de ce matin.

LE COMMANDEUR.

Pourriez-vous m'indiquer l'auberge des trois
Couronnes?

BRIGITTE, *empressée.*

Oui, Monseigneur, volontiers! j'allons même
vous y conduire avec plaisir.

LE COMMANDEUR, *à part.*

Ah! ah! elle aime bien mieux les Commandeurs
que les Baillis.

BRIGITTE.

Je sommes aux ordres de Monseigneur, Monseigneur n'a qu'à parler.

LE COMMANDEUR.

Eh bien! puisque vous êtes plus obligeante
ce soir que ce matin, veuillez vous-même porter

cette lettre à l'hôtel des trois Couronnes; elle est
pour une jeune dame qui vient d'y arriver.

BRIGITTE.

J'y courons, Monseigneur, j'y courons ben
vîte.

LE COMMANDEUR, *riant.*

Je suis fâché de vous déranger.

BRIGITTE.

Oh! je sommes faite pour cela. (*Elle sort en
courant.*)

LE COMMANDEUR.

Voilà une Rosière : c'est, je crois, mademoiselle Florette.

SCÈNE X.

LE COMMANDEUR, *à l'écart*, FLORETTE.

AIR.

FLORETTE, *pleurant.*

Ah! ah! ah! ah! faut-il à mon âge,
En ce moment,
Manquer un si beau mariage!
Ah! ah! ah! ah! c'est désolant!

Eh bien! ayez de la prudence;
Montrez un peu de patience,
Et fuyez, fuyez toujours
Et les amans et les amours!
Aujourd'hui v'la récompense
Que d'ma sagesse je reçois.....
L'on n'm'y prendra pas deux fois.

> Ah! ah! ah! ah! faut-il à mon âge,
> En ce moment,
> Manquer un si beau mariage.
> Ah! ah! ah! ah! c'est désolant!

LE COMMANDEUR, se montrant.

Qu'avez-vous donc à vous désoler, mon enfant?

FLORETTE.

Hélas ! mon beau Monsieur, vous voyez la seule Rosière qui ne peut pas prétendre à la dot qu'on a promise.

LE COMMANDEUR, à part.

Corbleu ! voici qui contrarieroit mes projets.

FLORETTE.

Moi ! qui devois épouser Monseigneur !

LE COMMANDEUR.

Vraiment !

FLORETTE, en confidence.

C'étoit arrangé.

LE COMMANDEUR.

Par qui donc, s'il vous plaît?

FLORETTE.

Par monsieur le Sénéchal et par Monseigneur.

LE COMMANDEUR.

Monseigneur ! Quoi, mademoiselle, vous osiez.

FLORETTE.

Dam ! ce n'est pas ma faute ! il me trouvoit la plus gentille.

LE COMMANDEUR, *à part.*

Il avoit raison, corbleu! et moi, je crains bien d'avoir tort! (*Haut.*) Comment, mon enfant, à votre âge, jolie comme vous l'êtes, vous n'avez pas d'amoureux?

FLORETTE.

Oh! ce n'est pas là ce qui me manque.

LE COMMANDEUR

En vérité! et qu'est-ce donc?

FLORETTE.

C'est qu'il s'en faut de cinq jours pour compléter les trois mois, et que monsieur le Sénéchal ne veut pas me donner le certificat demandé.

LE COMMANDEUR, *respirant.*

Comment! il s'en faut de cinq jours?

FLORETTE.

Rien que ça, mon beau Monsieur; et monsieur le Sénéchal dit qu'il a de la probité.

LE COMMANDEUR, *écrivant avec joie sur son portefeuille.*

Tenez, ma belle enfant, tenez; allez porter à monsieur le Sénéchal ce petit billet de ma part.

FLORETTE.

Cela me fera-t-il épouser Bastien?

LE COMMANDEUR, *riant.*

Oui, certes: je ne veux pas que cinq misérables jours vous fassent perdre le prix de la sagesse.

FLORETTE.

Ah! mon bon Monsieur, je vous remercie bien

pour moi et pour Bastien. (*En sortant, elle rencontre Cateau.*) Où allez-vous donc comme ça, mamselle Cateau ?

CATEAU.

Je cherche un mari, mamselle Florette.

FLORETTE, *lui indiquant le Commandeur.*

Tenez, mamselle, v'là un monsieur qui délivre des bons pour en avoir. (*Elle sort.*)

SCÈNE XI.

LE COMMANDEUR, CATEAU.

CATEAU.

Est-il bien vrai, Monseigneur, que vous faites trouver des amoureux aux filles qui n'en ont pas ?

LE COMMANDEUR.

Eh ! quoi ! petite espiègle, vous n'auriez point d'amoureux ?

CATEAU.

Point ! je n'ai jamais voulu écouter les garçons de notre village, et j'en suis bien punie.

LE COMMANDEUR.

Hum ! personne jusqu'ici ne vous a compté fleurette ?

CATEAU.

Personne ! sans cela je n'aurois pas eu la rose.

LE COMMANDEUR, *à part.*

Comment diable ! de la candeur ! (*Haut.*) Pensez-y bien, mamselle Cateau ; peut-être parviendrez-vous.....

CATEAU.

J'ai beau chercher, je n'trouve rien; je n'ai
jamais eu d'amoureux.

LE COMMANDEUR.

C'est impossible !

CATEAU.

Mais je suis si jeune.

LE COMMANDEUR.

C'est égal : cherchez bien; récapitulez toutes
vos actions : il faut absolument que vous en
trouviez un ; je ne vous en demande qu'un, palsambleu ! ce n'est pas être exigeant. Allez, et si vous
le trouvez, vous serez mariée comme les autres.

CATEAU.

Eh bien ! Monseigneur; je vais chercher encore. (*Elle se retire dans le fond.*)

SCÈNE XII.

LES MÊMES, LE SENECHAL, LES BAILLIS,
FLORETTE, *donnant le bras à* BASTIEN,
L'OLIVE, *donnant le bras à* JUSTINE, *les
autres* ROSIÈRES, *chacune avec un amoureux. Tout le village suivant le cortége.
Des villageois apportent un banc qu'ils
placent à gauche de l'acteur. Le cortége
défile devant le Commandeur, qui témoigne
sa joie en voyant les Rosières et leurs
amoureux.*

CHŒUR.

Célébrons ce jour à jamais,
A Monseigneur tâchons de plaire.
Heureuse la Rosière
Qui a mérité ses bienfaits!

LE COMMANDEUR.

C'est bien, c'est très-bien, mes amis ! Messieurs les Baillis, je suis content de vous ; il n'est guère possible d'être plus diligent. (*Courbettes des Baillis.*) Vous m'apportez sans doute les certificats demandés ?

LE SENECHAL, *lui donnant les papiers.*

Oui, monsieur le Commandeur; les voici!

LE COMMANDEUR.

A merveille ! j'aime à croire, Messieurs, que vous les avez rédigés avec toute l'intégrité (*en riant*) que je vous connois.

LE SENECHAL.

Monsieur le Commandeur sera satisfait.

LE COMMANDEUR, *à part.*

Je les tiens, palsambleu ! et le Comte peut venir quand il voudra.

UN VALET.

Place ! place ! voilà Monseigneur.

TOUS.

Monseigneur !

(*Etonnement général.*)

SCÈNE XIII.

LES MÊMES, LE COMTE.

LE SENECHAL, *effrayé.*

(*A part.*) Il n'est pas parti ! diantre ! S'il alloit voir mon certificat. (*Haut.*) Monsieur le Commandeur veut-il me permettre de lui lire.... (*Il veut prendre les papiers.*)

LE COMMANDEUR.

Non, non ; monsieur le Comte va prendre cette peine.

LE COMTE.

Restez, restez, mes amis ; un courrier que je reçois à l'instant me ramène auprès de vous, et je suis charmé de vous voir tous ici rassemblés. Mon oncle marie, dit-on, les Rosières : je lui sais gré d'avoir deviné mes projets. (*Bas au Commandeur.*) Vous voyez, mon oncle, que je remplis exactement nos conventions.

LE COMMANDEUR.

Vous voyez, mon neveu, que toutes ces gentilles Rosières ont eu bientôt retrouvé leurs amoureux.

LE COMTE, *bas au Commandeur.*

Mais en effet ! Voilà, par exemple, mon oncle, une ruse dont je ne suis point la dupe.

LE COMMANDEUR.

Une ruse, Monsieur! apprenez que c'est l'exacte vérité; et si vous en doutez encore, voici des certificats bien authentiques de leurs Baillis. Veuillez vous-même, je vous prie, me faire connoître les noms des prétendans, et les droits qu'ils peuvent avoir à la dot que j'ai promise.

LE COMTE, *prenant les papiers.*

Je ne reviens pas de mon étonnement.

LE SENECHAL, *à part.*

Hum! cela va mal pour moi.

LE COMMANDEUR.

Commençons. (*Il s'assied. Le Comte occupe le milieu de la scène.* *

LE COMTE, *lisant.*

Réné, dit l'Olive, et Justine Thibeau. Eh quoi! l'Olive!....

LE COMMANDEUR.

L'Olive et Justine, approchez; qu'en dit le Bailli?

LE COMTE, *lisant.* (*Sa surprise augmente par degrés.*)

Fiancés, en secret, depuis plus de deux ans; mariage retardé par le départ du prétendu.

---

* Brigitte, Florette, Bastien, Justine, l'Olive, Lili, les autres Rosières, le Comte, les Baillis au fond, le Commandeur, le Sénéchal, les villageois des deux côtés.

L'OLIVE.

Oui, Monseigneur, il n'y a pas eu d'autre empêchement. J'ai retrouvé ma Justine fidèle. (*Ils retournent à leur place.*)

LE COMTE, *lisant.*

Lili Mathurin et Blaise Ledoux.

LE COMMANDEUR.

Approchez, mes enfans, approchez. (*Ils approchent.*) Qu'en dit le Baïlli?

LE COMTE, *lisant.*

Couple charmant, cité dans le village pour sa fidélité!

LE COMMANDEUR, *riant.*

Sénéchal, il paroît que l'année a été bonne!..... mariez-vous, mes enfans, mariez-vous. (*Ils retournent à leur place.*)

LE COMTE, *lisant avec humeur.*

Bastien Lelu et Florette.... (*Stupéfait.*) Comment, Florette! et vous aussi?

FLORETTE, *avec une révérence.*

Dam! Monseigneur, il faut bien faire comme les autres.

LE COMMANDEUR, *au Comte.*

Que dit M. le Sénéchal de ces jeunes gens?

LE SÉNÉCHAL.

Monseigneur...

LE COMMANDEUR.

Silence, corbleu! il doit y avoir un certificat.

LE COMTE.

Oh! il y est. (*Lisant.*) *Moi, Sénéchal du fief, certifie que Bastien Lelu et Florette s'aiment éperdument depuis trois mois; et je ne veux pour preuve de leur amour réciproque, que les roses que Bastien a données tantôt à toutes les Rosières pour empêcher Monseigneur de choisir la jeune Florette. Il se pourroit!.....* (*sévèrement.*) Sénéchal ?

LE SENECHAL.

Monseigneur, je vous croyois parti.

LE COMMANDEUR.

Eh bien ! mon neveu, qu'en dites-vous ?

LE COMTE *piqué, au Commandeur.*

Je dis, mon oncle, que le tour est perfide; vous avez, sans doute, gagné mes Baillis; il est inconcevable... (*Regardant les Rosières.*) D'ailleurs toutes les Rosières ne sont pas là; d'après nos conventions, il suffit d'une seule, et je ne vois point la plus jeune.

LE COMMANDEUR.

Mademoiselle Cateau Bertrand, n'est-ce pas ? (*A part.*) Son innocence me fait trembler !

LE COMTE.

Qu'on la cherche à l'instant.

CATEAU, *perçant la foule.*

Me v'là, Monseigneur.

LE COMTE.

Approchez, approchez, mon enfant ; j'avois
bien vu à votre candeur que vous n'aviez point
d'amoureux, vous !

CATEAU.

Au contraire, Monseigneur.

LE COMTE.

Comment ?

LE COMMANDEUR.

L'aimable enfant !

CATEAU.

A force de bien chercher, je venons de trouver
quelque chose. Colin m'apportoit tous les matins
un bouquet ; et Lubin vouloit m'embrasser tous
les soirs en passant : je n'ai jamais refusé ni l'un
ni l'autre ; c'est-il un amoureux, cela, Monseigneur ?

LE COMMANDEUR, *riant.*

Mais je crois qu'en voilà deux !

CATEAU, *faisant une révérence.*

C'est tout ce que j'ai pu trouver.

LE COMTE.

Je reste confondu !

FINALE.

LE COMTE.

Le destin trompe encor ma crédule espérance,
A me contrarier il semble s'attacher :
Si l'on ne peut aux champs rencontrer l'innocence,
Où faut-il la chercher ?

LE COMMANDEUR.

Croyez-moi, l'on peut à la ville
Rencontrer ce trésor.

LE COMTE.

J'ai pris pour le trouver une peine inutile;
Je n'irai point chercher encor.

UN DOMESTIQUE.

Monseigneur, madame la comtesse de Monlor
arrive à l'instant.

LE COMTE.

Qu'entends-je !

SCÈNE XIV ET DERNIÈRE.

LES MÊMES, EUGÉNIE, *dans un costume très-brillant. Elle tient un papier.*

LE COMTE ET LE CHŒUR.

Angélique! ô surprise extrême!

LE COMMANDEUR.

C'étoit la Comtesse elle-même!

LE COMTE*.

Eh ! quoi, Madame, c'était vous ?....

EUGÉNIE.

Comte, le bruit de votre mariage est venu jusqu'à moi, et j'accours du fond de la Provence
pour vous rendre (*en riant.*) l'acte tyrannique
par lequel votre père avoit disposé de votre main.

---

* Le Comte, Eugénie, le Commandeur, etc.

LE COMTE, *confus.*

Ah ! Madame ! Ah ! charmante Angélique ! par
quel prestige plein de charmes....

EUGENIE, *avec gatté.*

Avouez, mon cher Comte, que cette petite
vengeance m'étoit bien due : vous aviez refusé
même de me voir. (*Reprenant un ton noble,
et lui donnant l'acte.*) Soyez libre; et puissiez-
vous trouver enfin le bonheur que vous cherchez
depuis si long-temps.

LE COMTE, *enivré.*

Ah ! je sens que ce bonheur m'attend désor-
mais près de vous.

EUGENIE, *avec malice.*

Prenez-garde ! mon rôle de Rosière est fini.

LE COMTE.

J'abjure à vos pieds toutes mes erreurs. (*Il
tombe à ses genoux.*)

LE COMMANDEUR, *triomphant.*

Corbleu ! je savois bien que nous l'amènerions là.

CHŒUR.

Vive Monseigneur !
Vive madame la Comtesse !
Livrons-nous à l'allégresse,
Et répétons en chœur :
Vive Monseigneur !

FIN.

DE L'IMPRIMERIE DE D'HAUTEL,
RUE DE LA HARPE, N°. 80.

9 782016 113493